AF432995

JUAN TRIGOS S

COMO
AMBULANCIA CON
AULLIDOS

HEMOFICCIÓN

JUAN TRIGOS S

COMO AMBULANCIA CON AULLIDOS

HEMOFICCIÓN

Ciclo Dios Zapato y Calcetín
Variación quinta.

PROYECCIÓN: FOTOGRA-
FÍA DE SIAMÉS 1 USANDO
TÍTERE SIERRA PARA SEPA-
RARSE DE SU HERMANO.
LAS HERIDAS SANGRAN.
SIAMÉS 2 SE DISFRAZA DE
FANTASMA. SIAMÉS 1 JUE-
GA CON UN TÍERE GUSA-
NO. A VECES LOS SIAMESES
VUELVEN A PEGARSE Y EN-
SEGUIDA SE SEPARAN.
SE ESCUCHA MÚSICA, GRI-
TERÍO.

SIAMÉS Y TÍTERE SIERRA
Hubo fiestas en casa

SIAMÉS Y TÍTERE LARVA
Sí, y regaños agudos
Que cuartearon paredes

SIAMÉS Y TÍTERE SIERRA
Nadie preguntó
Por mis calificaciones
Me llevaron
Mis PadresCachondos
A Teotihuacán

PROYECCIÓN: FOTOGRA-
FÍA DE CASA PARTIDA POR
LA MITAD.
INDIOS DANZANDO.

SIAMÉS Y TÍTERE LARVA
Danzaron indios
Soplando chirimías y caracoles

PRIMANCIANITA
Eso pasó tiempo antes
De que quebraras
El espejo
Que te retrataba
En cuerpo doble

PROYECCIÓN: NARANJA
PARTIDA POR LA MITAD.

SIAMÉS Y TÍTERE LARVA
Por eso ya no estoy
Aquí parado
Ni me alimento
De pájarillos
Mi bulto apesta
Mi sombra persigue
Y acusa

COHETERÍA. GRITOS.
APLAUSOS.

JUANSONRISA
Si llegas a dar
Berrido independencia
¿Te sentirás indio o español?

SIAMÉS Y TÍTERE LARVA
¿Más blanco que lo café?
¿O más café que blanco?

PRIMANCIANITA   FINGE
QUE SE MIRA AL ESPEJO.

PRIMANCIANITA
Es difícil
Identificarse
Con el propio reflejo
Cuando una se mira
Y pregunta ¿quién soy?
El espejo responde
¿Quién voy a ser
sino tú misma?

JUANSONRISA
Uno mismo
Desdoblado
En divinidad

PRIMANCIANITA SE PEINA.

PRIMANCIANITA
Una misma
Hecha una facha

SIAMÉS Y TÍTERE LARVA
Mi bulto pega
Golpea mi no imagen
Cuando uno muere
Asesinado o no
Emprende viaje
Hacia los huesos

SIAMÉS 1 SE ACUESTA EN
CAMA, GIME, ESTÁ AGONI-
ZANDO.

SIAMÉS Y TÍTERE SIERRA
En camilla voy
Haciendo muecas asco
Voy camino a ser identificado

Como enfermo terminal
Como loco vengativo
Como persona de sierra
Que cierra el paso
A la herejía

PRIMANCIANITA
Fornicar no es herejía

JUANSONRISA
Tu retrato al espejo
Acarició a tu señora

PRIMANCIANITA
Y ella te amó
Como si fueses
Tu mismo

FOTOGRAÍA DE AMBULAN-
CIA PARTIDA EN DOS,

JUANSONRISA
BesosPie de tu señora
Siguieron pegando
Sobre el techo
De la ambulancia
En velocidad
Auu
Auu

ENTRAN DIOS ZAPATO Y
DIOS CALCETÍN.

SIAMÉS Y TÍTERE SIERRA
A PieSiamésPieCruzado
Alegra mi muerte

SIAMÉS Y TÍTERE LARVA
Claro que sí

PRIMANCIANITA
A mí igual

DIOSCALCETÍN
Y a mí también
Provoca risa
Con melena
Como arco iris

PRIMANCIANITA
Risa no
Rabia sí

SIAMÉS Y TÍTERE LARVA
¿Qué derecho
Tenía tu mano
De alzarse
Contra tu reflejo?

SIAMÉS Y TÍTERE SIERRA
Derecho moral

SIAMÉS Y TÍTERE LARVA
Inmoral nuestra naturaleza
Orinábamos juntos

Comíamos juntos

JUANSONRISA
Personas bailan
Y clavan mariposas con chistes

MUSICA SUBE Y BAJA.

PRIMANCIANITA
Mambo bailamos
Danzón y sandunga

JUANSONRISA
No sé por qué les causa
Tanta alegría
Tamaña venganza
De Siamés ebrio

SIAMÉS Y TÍTERE SIERRA
Tamaña justicia
Mejor no volver a crecer
Llevando cuadernos

Y libros a la escuela
¿Para qué si va uno
a retener el lloro?

SIAMÉS Y TÍTERE LARVA
Tú no estás arrepentido

PRIMANCIANITA
Llorar por el hermano
Cercenado alivia

**SIAMÉS 1 HACE RUIDO DE
MÁQUINA.**

SIAMÉS Y TÍTERE SIERRA
Usé la sierra contra pecado
No contra él

PRIMANCIANITA
Eso es un grandísima mentira

JUANSONRISA
Utilizaste como pretexto
El adulterio
Para separarte

PRIMANCIANITA
Para quebrar espejo

SIAMÉS Y TÍTERE LARVA
Debimos haberlo
Compartido todo

PRIMANCIANITA
Creíste que podías
Cambiar tu naturaleza

PRIMANCIANITA
Quien nace siamés
Muere como siamés

SIAMÉS Y TÍTERE SIERRA
No deseo volver a vivir

PRIMANCIANITA
No deseas
Estar pegado
A hermano
Caliente

JUANSONRISA
Es muy natural
Existir dos veces
En el mismo pellejo

PRIMANCIANITA
Dirás muy anormal

DIOSZAPATO
Pero tendrías amigos
Volverías a casarte
Y a la pelea
Contra tu hermano

JUANSONRISA GOLPEA SI-
LLA CON BAQUETAS.

JUANSONRISA
DiosZapato tensa arco
Tambores

DIOSCALCETÍN
Te estoy aguardando
En fiesta de lanzas
Y flechas en zangoloteo

JUANSONRISA
Crimen siamés
Hubo y habrá

SUENAN CAPANADAS.

PRIMANCIANITA
Campanas TanTan
Vísceras guardadas en vidrio
Y cuerpo envuelto en vendas
El doctor Benavides observa

LOS SIAMESES SE MIRAN

AL ESPEJO. IMITAN SUS MO-
VIMIENTOS.

SIAMÉS Y TÍTERE LARVA
Sólo una cara
Del espejo mira

SIAMÉS Y TÍTERE SIERRA
No entiende
Por qué
Me rebané
A mí mismo
En el otro

SIAMÉS Y TÍTERE LARVA
Soy la reflexión
De tu propia locura

PRIMANCIANITA
Espejo quebrado
No repite la imagen

SIAMÉS Y TÍTERE LARVA
Al contrario
La multiplica

JUANSONRISA
El médico
Ve el mal
En la enfermedad

SIAMÉS Y TÍTERE LARVA
En lo malo ve
Que hay muerte
O posibilidad
De irse a paseo

PRIMANCIANITA
O de cantar la bamba
Por última vez

SIAMÉS Y TÍTERE SIERRA
Pie en mis pulmones asfixia
DiosCalcetín está apretando

PRIMANCIANITA   HACE
GUÑÁ, GUÑÁ.

SIAMÉS Y TÍTERE LARVA
Del apretón
Nacerás de nuevo
Bebé llora
Serás y seré cargado
Por EsposArdorosa

JUANSONRISA INTRODUCE
TÍTERE DE ESPOSARDORO-
SA.

SIAMÉS Y TÍTERE LARVA
Y Primancianita frita
En deliciosas ternuras
Nos dará lechita
De sus pechos
Hasta que seamos
Dos hijos perfectos

Para contraer otra vez
Matrimonio compartido

SIAMÉS Y TÍTERE SIERRA
Y arrullos y canciones
Yo tenía mi parte y la agrié

PRIMANCIANITA
Me agriaste a mí

DIOSCALCETÍN
Y a mí

DIOSZAPATO
En cambio
Yo soy feliz
Sin serlo

SIAMÉS Y TÍTERE SIERRA
TacosCulpa
Hambre
Reventé mi imagen

En el rostro de él

PROYECCIÓN: CARRITO DE
TACOS.

SIAMÉS Y TÍTERE LARVA
Pides tres de pie
Aquella vez
Estás recordando

SIAMÉS Y TÍTERE LARVA
Tacos comíamos
En comunión

JUANSONRISA SE PONE
MANDIL DE TAQUERO Y
FINGE QUE PICA CARNE Y
HACE TACOS.

JUANSONRISA
Enseguida atiendo
Su petición taquera

Muchachín al espejo
Ser reflejado

SIAMÉS Y TÍTERE SIERRA
El viejito pica la carne
Y la coloca en dobles tortillas
Y luego les encaja palillos

GOLPE SECO.

SIAMÉS Y TÍTERE LARVA
Algo negro pega

SIAMÉS Y TÍTERE LARVA
Tacos podridos
Del recuerdo
Mi reflejo pega

JUANSONRISA
DiosCalcetín
En el excusado
Y DiosZapato

Orinando

PRIMANCIANITA
Han bebido de más

SIAMESES
Como nosotros
Uno difunto
Y otro en agonía

JUANSONRISA
La amiga de Primancianita
Le ha llevado de obsequio
FaloPie de hule
Ella lo esconde bajo el colchón
Adulterio y amor menor

PRIMANCIANITA
Corre ambulancia
Infección
Ya viene niñoDedoCulpa
A crecer en mi panza

Siempre llena
De nacimientos
Ficticios

JUANSONRISA
Golpeo mi pecho
En tono de contrición
Como si cristiano fuese

DIOZAPATO
Se nace para luchar
Por mandamientos
Casco en cabeza
Daga en cintura
Al ataque

DIOSCALCETÍN
Se nace para repeler
El son retrógrado
Que parece religión

PRIMANCIANITA
El cabello
De DiosCalcetín
Es rubio
Y el de DiosZapato
Negro
Ambulancia tosiendo
Arrojando chorros
De contenido cerebral
Flan incomible
Cargado de ideas absurdas

SIAMESES
Rebotes de catecismo
En los dos lados del espejo

DIOSZAPATO
Fidelidad o degollina
He ahí la regla
He ahí el castigo

DIOS ZAPATO Y DIOS CAL-

CETÍN SE GOLPEAN.

DIOSCALCETÍN
Estúpido

DIOSZAPATO
Hereje

JUANSONRISA
DiosCalcetín escarba pulmones
Abanderados con sangre

SIAMÉS Y TÍTERE SIERRA
PieSiamésPie
Besa panza
A Primancianita

SIAMÉS 2 ACARICIA AL TÍ-
TERE DE ESPOSARDDORO-
SA.

SIAMÉS Y TÍTERE LARVA
Beso ombligo
A NoviaFogosa
No a Primancianita

SIAMÉS Y TÍTERE SIERRA
Besa sexo
A mi EsposArdorosa
Me abraza

SIAMÉS Y TÍTERE LARVA
La abrazo a ella

PRIMANCIANITA
Fiesta en tronido
De zarabanda

DIOSCALCETÍN
Mi paladín te amaba

DIOSZAPATO
Al revés

JUANSONRISA
DiosCalcetín
En llanto hirviente
Por la muerte
Del muchacho

DIOSCALCETÍN
He venido a meditar
He venido a recordar
Cómo murió
Mi ídolo
Mi dios reflejado
En mí mismo

SIAMÉS Y TÍTERE SIERRA
No hubo día de Dios
Que no pensara en ti

SIAMÉS Y TÍTERE LARVA
Y en la sierra que rebanó
Jamón en pecado

PRIMANCIANITA   CARGA
ZAPATO COMO SI FUESE UN
BEBÉ.

PRIMANCIANITA
Vendrá sacerdote
A celebrar comunión

JUANSONRISA
Mamá carga
Al piecito que serás

PRIMANCIANITA
Los pies crecen
Y se casan
De eso no hay duda

SIAMÉS Y TÍTERE LARVA
EsposArdorosa
Convertida en puta
Se lanza a la calle
En busca de clientes

Que quieran pan
De pie infectado

PRIMANCIANITA
Pan del pan
Para untar

SIAMÉS Y TÍTERE SIERRA
Tuvo adulterio
Y terminó en la calle

SIAMÉS Y TÍTERE LARVA
Ella
Esposa
Gozó

SIAMÉS Y TÍTERE SIERRA
Y hoy disfruta mi ausencia

PRIMANCIANITA
La fiesta se confunde
Con día de entierro

JUANSONRISA
Hubo cantos fúnebres

SIAMÉS Y TÍTERE SIERRA
PieSiamésPie
Fue sepultado

SIAMÉS Y TÍTERE LARVA
Mamá Llora

SIAMÉS Y TÍTERE SIERRA
Mi señora también

SIAMÉS Y TÍTERE LARVA
Papá
DiosCalcetín
Plumas en combate

SIAMÉS Y TÍTERE SIERRA
Abundancia de conejos
Y axolotes veo en delirio

PRIMANCIANITA
PieSiamésPie
Fue inhumado

SIAMÉS Y TÍTERE LARVA
Con escudo y espada

PRIMANCIANITA
DiosCalcetín
Escondió metralla en el féretro

SIAMÉS Y TÍTERE LARVA
De la iglesia
Además de rezos
Llegan ecos campanas
Festejando día muertos

SIAMÉS Y TÍTERE SIERRA
Ofrendas
Hermano calavera
Jugó amor

PRIMANCIANITA
Hijo calavera
Su jugo se secó

DIOSZAPATO
Por cada litro de leche
La vaca fiel recibe
Otro tanto en el cielo

JUANSONRISA
Ya no verán los chabacanos
Los murosPie de casa
La antigua
Se han cuarteado
Cicatrices

SIAMÉS Y TÍTERE LARVA
El tiempo en que fuiste infante
Pasó dejando esas marcas
En los cachetes del hogar

JUANSONRISA
Ventanas tuertas
DiosCalcetín
Y DiosZapato comulgan

PROYECCIÓN: FOTOGRA-
FÍA DE CANTINA PARTIDA
POR LA MITAD.

PRIMANCIANITA
Dicen que papá iba cantina
Y yo detrás lo seguía
Ser un ser pegado a otro
Como yo lo estoy de ti
Confiere la sensación
De haberme multiplicado
Hablo por ti y por mí
Soy tus pantalones y tu lengua
Pero carezco de pito

JUANSONRISA
Si lo tuvieras

Pito erecto
O pito en meada
No andarías tras de mí
Oliéndome
A veces pienso
Que sería agradable
Invitar al santo
Que no se baña
Para repeler
Tus aproximaciones
Nada venturosas

PRIMANCIANITA

Hay tiempo de llorar
Y tiempo triste
Que se unta en carne
Y tiempo hay
Repleto de lamentos
¿Irás conmigo
a la pulquería?

JUANSONRISA
Iba, voy, ahí la vida
Es más llevadera
Cuando se aparece
Fantasma de hijo muerto
Nadie respinga
La sombra resulta familiar
Y muy aceptable

PRIMANCIANITA
Carne con carne
Es algo cercano
Al paraíso
Toco a ti
Y así siento
Que algo de sentido
Viene a revolotear
Encima de mi ombligo

SIAMÉS Y TÍTERE LARVA
Irá tu nuevo padre
A querer beber de más

Y a mirar espíritus

PRIMANCIANITA
Hijo que se fue
Ya no toco
Tu carne se ha ido
Exacerbando sensación
De soledad

JUANSONRISA
Cuando tengo sed
Bebo agua milagrosa
De tu aliento tumefacto
Si un cura me sigue, voy
Si un perro me sigue, voy
Si mi sombra me sigue, voy

SIAMÉS Y TÍTERE SIERRA
Luego padre regresará
A punto de golpes
Y hablando con su madre
Difunta mal vestida

Y mal pintada

PRIMANCIANITA
Persona descarnada
Que jamás prodigó
Caricias a su hijo
Rabia sembró
En el marido
Que evita mis contactos

JUANSONRISA
Príamo no fue
Hombre violento
Aunque le habría encantado
Estrangular a Helena
En sueños yo he visto
Los dedos de ese rey
Apretando el cuello
De aquella dama bella

PRIMANCIANITA
Tronará tu boca de bebé

Pidiendo pan y lechita
Siempre envías
Mensajes de inquietud
Siempre avientas
De tus polvos rancios

JUANSONRISA
Llena tienes panza espanto

PRIMANCIANITA
Porque puedo
Perderte a ti
Del mismo modo
Que fui deshijada

SIAMÉS Y TÍTERE LARVA
Dividir
Creíste que eso te conduciría
A obtener tu libertad
Independencia de movimiento
Independencia de ser

JUANSONRISA
Todo territorio
Que se parte
Fragua una nación

PRIMANCIANITA
Envidia, venganza
Dirigió tu mano
Privaste a una madre
De su privilegio
De morir primero
Que sus vástagos

JUANSONRISA
Al contrario
Te dio la ilusión
De haber sido madre
Y de enterrar quimeras
El nene criollo feneció
Porque el nene indio
Le dio chicharrón

PRIMANCIANITA
Pero ellos podrían
Haber vivido juntos
Siendo mestizos
Mesticitos ingratos

JUANSONRISA
Hasta aquí mi cuerpo
Y hasta ahí el tuyo
Yo miro por mí
Y tú por ti

PRIMANCIANITA
Soy nación
Con fronteras

SIAMÉS Y TÍTERE SIERRA
Sería mejor no haber nacido
Quedar recostado en la tumba
Y no volver a crecer
Llevando cuadernos
Y libros a la escuela

JUANSONRISA
En ella aprendiste
Que ciertos nobles
Consideran innobles
A otros que ya fueron nobles

PRIMANCIANITA
Pero tendrías amigos, digo
Volverías a casarte, digo
Tu señora lloraría
Cuando se repitiera
Momento de decir adiós
Verás, vida es hermosa
Cuando la imaginas así
Con optimismo ingrato
Que no permite mirar

JUANSONRISA
Vida bella
Cuando naces
En nación
Correcta

SIAMÉS Y TÍTERE SIERRA
Adiós pan de resurrección, digo
Pronto seré tan fantasma
Como mi hermano
E iré canturreando
Por los caminos

JUANSONRISA
¿Qué destino
tienen los imperios?
Devorar hasta hartarse

PRIMANCIANITA
Si tuviera hambre
Comería aire
Algo de ti mismo
O de mi persona
Podría llenarme el buche
He merendado
Infinidad de veces
Sombra de madre

JUANSONRISA
Si volvieras a vivir, hijo
Te prestaría mi báculo
Para que fueras
En tropezones
A contar mentirillas
A la pulquería
Las Glorias de Cuauhtémoc

SIAMESES
Patria de ebrios
Que va más allá
De nacionalismos
Bienvenido chino
Y holandés
Lo mismo que mexicano

TÍTERE ESPOSARDIENTE
Tropezabas con borrachos
Conocidos y desconocidos
Personas que tenían trabajo
Y mujeres aguardando

¿Uno de ellos te apuñaló?

SIAMESES
Vaya, veo que no hay patria
Que se salve de traiciones

JUANSONRISA
No hay borracho traicionero
Que no se haya escupido la jeta
Es decir
Que no haya vomitado
En su propio territorio
Dos mil pesos costaría
El pasaje de regreso del hijo
Rebanado como pan

PRIMANCIANITA
¿Por qué dos mil?

JUANSONRISA
Porque no los tienes
Ni yo tampoco

Así que el muchacho
Permanecerá fenecido
Y bajo tierra
En su nación
O fuera de ella

PRIMANCIANITA
Tienes un grano
En cachete izquierdo
Tus hijos heredaron
Tendencia a formar
Volcanes en el rostro

JUANSONRISA
Lava que escupen mis volcanes
Es tan escasa que no alcanzaría
Si te cayera en los ojos
A cegar tus inmundas pupilas

PRIMANCIANITA
Oh, por qué no nací
Más arriba

Para poder ver
Las diferencias
Que nos separan

SIAMÉS Y TÍTERE LARVA
¿Hubo suicidio
antes de ser parido?
Más bien enfermedad

JUANSONRISA
Oh, haber nacido
En nación correcta
Para contar con salud

PRIMANCIANITA
Hablemos mejor
De sexo
Practicado
En nación
Incorrecta

SIAMÉS Y TÍTERE SIERRA
Bubones
Peste
Fue un domingo
En la mañana
Habíamos regresado
De misa
Cuando esposArdorosa
Se bajó la serpiente
Delante ojos afiebrados
De mi hermano
Juansonrisa dijo
En mi cabeza:

JUANSONRISA
Toma pan y deja
Que ella beba leche
Total, nadie va a enterarse
El señor cura
Bendice matrimonios
Y luego va a casa
A comer buñuelos

Su madre profiere:

PRIMANCIANITA
Mira hijo, mira
Si ganas de leche
Tienes es mejor
Que vengas a tomarla
Directamente de mis pechos
Luego los niños
Crecen mal alimentados
Luego los difuntos
Tornan al mundo
Con deseos de chuparle
El pie a una
Yo voy a misa
Y te miro hacer
Signo cruz con respeto
Agacho mi cuerpo
Y me digo
El hijo que pariste
Hubiera sido cristero
Qué duda cabe

Cristerito mestizo
En guerra de sangre

JUANSONRISA
Te casaste en sábado
O en domingo esplendente
Asistió hermano SiamésPie
Con una gran sonrisa
En labios de los dedos
Él había gozado tu señora
En la tina llena
De agua calentita
Ahí, posiblemente
Derramaste su sangre
Para ahorrar tareas de limpieza

SIAMÉS Y TÍTERE LARVA
¿El cura sabía?
No, él no, pero DiosZapato
Y Dios Calecetín sí que estaban
Enterados del engaño
Ellos promovieron guerra en ti

SIAMÉS Y TÍTERE SIERRA
Alguien pisó
Mi territorio
Al carajo con él

JUANSONRISA
Estás a punto de morir
O a punto de nacer
O a punto de permanecer
En el estado en el que estás
Padeciendo besos y dolores
Tubos y jeringas

SIAMÉS Y TÍTERE SIERRA
Voz de la iglesia
Campanas, tan, tan

SIAMÉS Y TÍTERE LARVA
Cabría la posibilidad
De haber sido vaciado
Como momia guapa
Vísceras guardadas en vidrio

Y cuerpo envuelto en vendas
Mi cuerpo danza en tus pulmo-
nes
Con deseos de asfixia

SIAMÉS Y TÍTERE SIERRA
El bebé llora

PRIMANCIANITA
Serás cargado por la señora
Que ahora se despidió
Abordamos la ambulancia
Otra vez en queja y tosiendo
Arrojando chorros sanguinolen-
tos
De contenido cerebral
Flan incomible
Pero cargado de ideas
Absurdas y cuerdas
Madeja anudada
Ella se queda
Con el niño que serás

Te pone en el rebozo
Y se lanza a la calle
En busca de clientes
Que quieran comprar
Pan de niño
Alguna compensación
Debía tener persona
Buena y metiche
Sales del hospital
Con el propósito
De ir a la iglesia
El cura será
Un azotador grande
Recorriendo el altar
Preguntas a la enfermera:

SIAMÉS Y TÍTERE SIERRA
 ¿A quién reza
cuando asiste a misa
de cinco curas emplumados?

PRIMANCIANITA
 -No hay pan ni leche
Señor enfermo
Y si desobedece
Vendrá Coatlicue a comerlo

SIAMÉS Y TÍTERE SIERRA
A nadie apetecen mis tripas

PRIMANCIANITA
Esas las pusimos
En frascos de conservas
Como melocotones
Verá usted
Me recibí de enfermera
Hace más de dos siglos
Y DiosZapato no se compadece
De mis penas azules
Como mis ojos bellos
Que lo miran en sufrimiento
Es decir
Padeciendo dolores miserables

Me recibí de enfermera
Decía
Porque mis afanes eran
Ayudar a los pacientes
¿Le he ayudado
a sobrellevar su agonía?
Me gustaría que respondiera
Con movimiento
Cabeza afirmativo

JUANSONRISA
 ¿Qué estará haciendo la perra
De la casa forrada
De terciopelo acariciable?
Ponerle la mano
O la pata encima
Significaba recibir
Un choque de alegría
O de mal humor

SIAMÉS Y TÍTERE SIERRA
Perra cabrona

Te escondes para gozar
Las patadas de SiamésPie

SIAMÉS Y TÍTERE LARVA
 ¿Tendrás o tuviste
animal que te acompañaba
a mirar las aguas
densas del lago?
¿Ibas del brazo perro?
¿Caminabas al son
de la gallina?
No sientes crucifijo en boca
Crucifijo que anda
Tratando de encajar tu novia
Como si fuese papa
Chorreando mantequilla pus
Una mano ha buscado
El beso arrumbado
En el cajón de tu lengua
Entre dientes careados y adolo-
ridos
La inmersión del crucifijo

En la inmensidad de tu hocico
Ocasionará trastornos
En lo profundo del bicho

PRIMANCIANITA
Tu padre
Con todo y sus pulgas
Murió aceptando comunión
Sobre su lengua caballo
El cura depositaba
Hostias transformadoras

SIAMÉS Y TÍTERE SIERRA
Morir se relaciona con tumba
Y verticalidad
Árbol caído
Ramas abiertas en cruz
Perro difunto
Debe ser enterrado
Junto a su amo

SIAMÉS Y TÍTERE LARVA
Pronto estaremos
Acostados en descanso
Al lado de tus padres
Estrenando sábanas
Cadáveres parlanchines
Desvelarán a los otros difuntos

JUANSONRISA
-Vas a estirar la pata
—comenta el doctor Benavides
Tezcatlipoca
Se refiere a ti
Hombre con larva
Muchacho larvado

SIAMÉS Y TÍTERE SIERRA
Como si se tratara de perro

JUANSONRISA
Tu esposa sigue el chiste diciendo:

TÍTERE ESPOSARDIENTE
Debería estirar la lengua

JUANSONRISA
Sabemos que ella
Tu señora y ombligo
Tiene razones
Para guardarte rencor
También la miraste
Con desprecio
Y cariño entrañable
Muchas veces besaste
Su boca de latón cortante

TÍTERE ESPOSARDIENTE
Pero soy imbécil y te quiero
El colmo, el colmo
Tu bulto sufre y se lamenta
¿Pudiste haber sido hombre?
Completo lo que se llama entero
No fuiste señor solo
Sino acompañado por hermano

PRIMANCIANITA
¿El balazo tronó ahí
en tu nariz?

SIAMÉS Y TÍTERE LARVA
Entró por el hoyo
Que recorro reptando
Dulcemente

SIAMÉS Y TÍTERE SIERRA
Diría que eres una rana
LarvaRana
Si no fuera ofensivo
El comentario

SIAMÉS Y TÍTERE LARVA
Me deslizo a través de tu boca
Hasta topar con la pared
Del estómago que sufre
Ardores quemadura cigarro

PRIMANCIANITA
Tu padre
Para complacerte
O más bien
Para justificar
El haberte bautizado
Con el nombre
De SimónSierra
Recita en voz alta

JUANSONRISA
Siamésierra
¿quién eres tú?
Hijo de poeta
Mariposa en alfiler
Duende descerebrado

PRIMANCIANITA
 ¿Y si moriste ahogado?

SIAMÉS Y TÍTERE LARVA
Luego los perros de las olas

Tiran tarascadas
Luego de dentro las panzas
Aguadas de ríos
Se esconden féretros
Y cruces sonando
A defunción y luto
Acarreando en sus aguas
Canciones tristes

TÍTERE ESPOSARDIENTE
-Corre a la escuela
–dice el ángel de la guarda
Aprende a hablar
Y a darte golpes de pecho

SIAMÉS Y TÍTERE LARVA
 Escuchamos al señor cura
Don Rosendo Estrada
Dándose fuerte
En el tambor militar
Guerra contra la infiel
De pasos ebrios

Guerra contra la perra
De vagina suelta

JUANSONRISA
Vuelve día del desfile
Dieciséis de septiembre
Repercutiendo duro
En tus tímpanos estallados

PRIMANCIANITA
Tu padre pela una naranja
Y te la ofrece
Como si esa fuese
La última cena

SIAMÉS Y TÍTERE LARVA
 Saben los caballos y tanques
Que morirás pronto entre dolo-
res
Y escuchando mis palabras
De viento ardido

JUANSONRISA
-¿Estás en el cielo, padre,
eres la voz del gusano?
La boca te sabe a tubo
Agua salada y amarga
Como hierba de prodigiosa
A la casa llegó de regalo
Botella verde
Licor hecho
De esa hierba amarga
Que pretendía pasar
Por alcohol gentil, saben
Yo no corto ideas
Ni echo limón sobre oraciones
Ni me alimento las tonterías
Que profieren los briagos
Me deslizo suavemente
Por la garganta
Y bajo al estómago
Calentando como
El suéter de mamá

SIAMÉS Y TÍTERE LARVA
Tezcatlipoca derrama licor
Verde de prodigiosa
Que es bebido
Por serpiente verde
Y borracha
Picante y pelada
Cual nervio de fuera
Gritas color verde
Sólo el eco te consuela
Ningún médico ni sacerdote
Pone mesa de servicio
Para los difuntos

JUANSONRISA
Huitzilopochtli anuncia
Su nacimiento guerrero
A golpe de bombo
Y tronar de trombones
Levantando orquesta
De rifles y espadas
Para zarandear

Al hermano enemigo
Cortará, en tajada suave
Y entre llorar de lloronas
Tu cabeza calabaza
Y la de la Coyolxauhqui
Rodará calle abajo
Hasta chocar
Con la puerta de casa
Despertando terror
De durmientes
Lloras en la cuna
Disparos
-No alborotes, hijo
Invocarás a diosa Cihuacóatl
Y ella te clavará cuchillo
En el pecho y comerán
En casa corazón tiernito
Luego de mantener hirviendo
Tus pesares
Y de cocer en sangre
Tus luceros

PRIMANCIANITA
Coyolxauhqui quiso partir
A mamá en pedazos
Y ella fue despedazada

JUANSONRISA
Ana Bolena partió
A Catalina de Aragón
Para convertirse en reina

PRIMANCIANITA
Y Lutero partió
El cristianismo

JUANSONRISA
Y Enrique octavo
Partió a sus mujeres
Para hacerse de varón

SIAMÉS Y TÍTERE SIERRA
-¿Por qué papá
se ha sentado

como perro en la sala?

PRIMANCIANITA
San Serafín te ayude
Dice tu esposa
Dirigiéndose al aire
Asustada con tu estampa
De persona en sangre
Provocadora de escalofríos
Y desvelos y pesadillas
San Serafín no es santo
Que te agrade
La mesa del comedor
Recuerda menciones parecidas

JUANSONRISA
San Nicolás te bendiga

SIAMÉS Y TÍTERE LARVA
San Anselmo te colme

JUANSONRISA
Santa Catalina te acaricie
El coronel que venía
De visita a la casa
Quiso acariciar el pie
De SiamésPie
Pero mamá lo impidió
Permitiendo que el militar
Lamiera su pie derecho
La sala, donde ocurrió
Se llenó de ecos
Que aún pulsan
En el interior de mi alma
Luego el coronel sacó dulces
De su bolsa y me ofreció
En vez de dulces
Me supieron agrios

PRIMANCIANITA
Como Ana Bolena
El coronel quería
Dividir la casa

SIAMÉS Y TÍTERE LARVA

Yo voy haciendo cosquillas
De oreja a oreja reptando
¿Cuántas veces
te acercaste al lago
a mirar mi rostro
de cadáver fluido
liquidez tumefacta
sobre la que zumban
en concierto moscas y ranas?
Siendo niño metiste
Tus manos en mí
Y lavaste tu rostro
Con ácido de mala suerte

SIAMÉS Y TÍTERE SIERRA

Mala suerte cayó
Carcomiendo memorias
Un tropezón hace posible
Muerte accidental
Con aullidos pidiendo auxilio
Me ahogo, yo no fui

Fue Lutero y Ana Bolena fue
Comuniquen la noticia
A mis padres
Griten a mi esposa
Que estoy muriendo
En grito abierto
Y sin respuesta

PRIMANCIANITA
Dividiste el reino
Me partiste a mí

SIAMÉS Y TÍTERE SIERRA
¿Pero y los dolores?

JUANSONRISA
Nadie fue con red de ayuda
Al lago ni frenó
El camión que te aplastó
Ni detuvo la bala
Ni la cuchillada

PRIMANCIANITA
Nadie, ni Jesús
Porque estaba partido

SIAMÉS Y TÍTERE SIERRA
Los amigos en la tierra
Cogen distancia
Cuando el muerto
Comienza a oler

JUANSONRISA
Mucho Jesucristo se rapó
En el pleito de Pedro y Pablo

SIAMÉS Y TÍTERE LARVA
Una vida entera
De gusano barbón
Ha sido partida
Por Tezcatlipoca
Vida mía entera
Y mitad de la tuya
Tezcatlipoca es dios

Partido en demonio
Ladrón que otorga
Horas de goce
Para luego borrarlas
De su libro
Pasaron días y meses
Y tú permanecías
Detenido en el lugar
Iglesia partida
Acariciando el verde
Del agua enlamada
Cuerpo de culebra
O lombriz
Moriste esperando
Que alguien vendría
Por ti a la estación
Cristiana y dividida
Llegué yo
Resbalando melosamente
Produciendo música
De cascabeles cristalinos.
Puse mis patas

A caminar en tus
Entrañas y sueños
¿Quisiste ser sacerdote
y alguien te lo impidió
con machete?
Se sabe que fuiste
Hombre de rezo y misal,
Apegado a mandamientos,
Devorador de oraciones
Ese monje, tú
Está comiendo cuentas
Ee su rosario
Prefiere merendarlas
Que rezarlas
O entenderlas
Masticar que pronunciar
Palabras que no percibe
Como santas
Sino como monotonía
Saborea las tortas
De jamón sagrado
Sin aguacate ni frijol

Tal parece que
Está introduciendo
En su boca
Bocados de infierno
Y decide romperse
El cuello brincando
Sobre cuerda tensa
¿Te ahorcarás
En agonía?
¿Huirás a tus penas?
Dos mochas
Reaccionando de mal humor
A tu posible suicidio
Han abandonado la iglesia
En prevención amenazante
Y sus pasos pegan
Sobre el piso martillazos rezan-
tes
Si te matas
No serás enterrado
Si te matas
Irás al averno

A formar parte
Del ejército
Que va contra Dios

SIAMÉS Y TÍTERE SIERRA
Tronido
¿Nos quebramos cuello?
Hasta donde entiendo
Iglesia quedaba
Dos cuadras de casa
Pero el viaje a ella
Se me hacía inmenso
Inmenso y confuso

JUANSONRISA
Raimundo Lulio
Arribó a ella
Luego de cinco
Visiones
Cinco revelaciones

SIAMÉS Y TÍTERE LARVA

La máscara de un viejito
Cuelga en el pasillo de tu casa
Donde ha nacido una serpiente
Igualita a mí,
Bebé simpático
Que mama de la perra amarilla
O del señor Dios del cielo
Qué bueno que esté contento
El niño tomando leche
Porque si no llenaría
El espacio con tus berridos
De terror a quedar
Reducido a nada
¿Te ahorcaste?
Pasa una sombra
Delante de tus ojos
Y el dolor arrecia

JUANSONRISA

Raimundo Lulio
Dejó su casa

Y repartió sus bienes

PRIMANCIANITA
Si su inteligencia
Hubiese sido mayor
Que la de las mujeres
Como él suponía
No habría hecho
Tal pendejada

SIAMÉS Y TÍTERE SIERRA
Machaca huesos e ideas
En molcajete salsero
Machaca de religión
Con huevo fresco
Machaca de palabras
Con sentido y sin él

PRIMANCIANITA
La ambulancia abrió boca
Y tragó perro cornudo
Piernas de caballo al galope

Tortura sobre potro noble
Don Raimundo Lulio
Decía que había que juntar
Bestia noble
Con hombre bestia
Para formar caballero
Noble y bestial
Las armas también
Tenía que ser nobles
Y la tuya lo es
Corre sangre azul
A punto putrefacción
Por tu pene honorable

SIAMÉS Y TÍTERE SIERRA
Como si fuese boa
En pos de ratón adolorido
Cayeron apretones
Sobre mi pecho
Dientes venganza

JUANSONRISA

No vienen a tu memoria
Personas despidiéndose
En mocos verdosos
¿Quién dice adiós
a un asesinado
o a persona que se negó
a ser indio y renacuajo?

SIAMÉS Y TÍTERE SIERRA

Seguro las hubo
Y permanecen a la sombra
Manos batiendo
Pañuelos ensangrentados

PRIMANCIANITA

Ya emergerán memorias
De los que te amaron
O surgirán personas
Que te querrán como bebé
Y luego como niño familia

SIAMÉS Y TÍTERE SIERRA
Repican campanas
Como si estuviesen
Anunciando libertad
Independencia

PRIMANCIANITA
Hidalgo hondea
El estandarte
Con la virgen

JUANSONRISA
Corre señor Morelos
Sobre ángel montado
Y cientos de vocablos
Abren sus pétalos
Gritando la palabra Dios
Que suena a queso
Embarrado de sanguasa

SIAMÉS Y TÍTERE LARVA
Dos serpientes

Coatlicue multiplicada
Ha trepado al campanario
Sube por tus piernas
Buscando algo de sexo
Con qué cobijarse
Sonamos cascabeles cristal
Que predican abstinencia
Moralidad

PRIMANCIANITA
Tu imbecilidad
Levantó ese estandarte

SIAMÉS Y TÍTERE SIERRA
Los geranios
Del muro de casa
Comienzan a marchitarse
Agriando las paredes
Con su jugo transparente,
Lo mismo que las enredaderas
Que trepan como ratones

JUANSONRISA
De niño asististe al desfile
Del dieciséis de septiembre
Cucharitas de cristal
Te dieron a comer
Patriotismo y esperanza
De crecer como héroe de papel

PRIMANCIANITA
Estamos seguros del hecho
El desfile confirmó
Que los machos
Aplastan a las hembras

SIAMÉS Y TÍTERE SIERRA
Hubo soldadines parlando
Con trompetas

PRIMANCIANITA
¿Cuántos años tienes?
No sabes.
Pasó el ejército verde

De camiones escarabajos
Y bomberos cardenales.
Tu padre te compró
Naranjas dulces
Que pegaron tus dedos
El presidente dio grito
En el balcón de palacio
Y tú respondiste
Con aullidos
Ambulancia imitó
Tus berridos
Te llevaron a toda marcha
¿Hubo raptores involucrados
en el atentando de Dios?
Varios sombreros
Fueron arrojados al aire
Durante la noche del quince
Papá tenía retrato de Morelos
En su oficina
Faltaba el de Hidalgo
Padre verdadero
De la independencia

Jamás llevada a cabo

JUANSONRISA
Libertad, conceptos
A nadie en la cantina
Interesaba esa palabra
Presumida envuelta
Con celofán y moños rojos
Para regalar mentiras

SIAMÉSSIERRA
Libertad

JUANSONRISA
Había amistad entre bebedores
Camaradería con puños dispues-
tos
Y envidia palpitante

SIAMÉS Y TÍTERE SIERRA
Se hablaba de futbol
Y de mujeres

JUANSONRISA
Ingerías cervezas
Y tequilas
Y cubas libres
Siempre te agradó mirar
Las botellas tras la barra
Variedad de alcoholes
Transparentes
Como tu conciencia
Hecha de ala mariposa
O libélula

SIAMÉS Y TÍTERE SIERRA
Las horas se perdían
Respirando aromas de borracho

JUANSONRISA
Libertad, la hay para morir
Arrojándose de la azotea
O chocando de frente
Con camión de leche
O refresquero

Pero en realidad
Nadie muere ni vive

PRIMANCIANITA
¿Eso hiciste?
¿Te aventaste bajo las ruedas
del camión de coca cola?
Si eso hubieses hecho
Golpeado estarías
Costillas rotas
Piernas, cuello y cabeza
En vez de tubos y gargajos
Te hallarías forrado de yeso
En vida fuiste cobarde

SIAMÉS Y TÍTERE SIERRA
¿En vida?
Si la vida es vida
Entonces he vivido

PRIMANCIANITA
Entonces ¿estás muerto?

Nadie podría asegurarlo
Aún conservas memoria
Y algo de inteligencia
Niño no eres
pero en cambio bebé…

SIAMÉS Y TÍTERE SIERRA
Disparos, llanto
Tu esposa se vistió
De novia blanca y panzona
Nada parió sin embargo
Su barriga que no fuese
Una mosca verde de panteón
Que se la pasa zumbando
Sobre las aguas del lago

PRIMANCIANITA
Las moscas
Nada tienen
De maldad
Ni de bondad
Son mosquitas

Pasajeras
En el tiempo
Que gozan
Antes de morir

SIAMÉS Y TÍTERE SIERRA
Ojalá que la diosa
Tenga hambre y la devore

PRIMANCIANITA
No estamos seguros
De que los dioses
Sean devoradores
De moscas y mosquitos

SIAMÉS Y TÍTERE LARVA
Tan, tan
Las campanas suenan
A pollo torcido
De esos que metía al horno
Tu madre untados en mostaza
Los pollitos se torcían

Por el dolor y los gritos
Pero sabías que mamá
No los asesinaba
Los pobres plumíferos
Iban a las llamas
Entonando plegarias y salmos
Si pudieras retroceder
Le dirías a madre malvada
Deja al pollo en libertad
Pero mijito
Habría respondido ella
Yo no maté a la vaca
Como mamá
No mató a la vaca
El pollo no puede ser libre

PRIMANCIANITA
Para echarlos al caldo
Se necesita librarlos
Del peso de las plumas

SIAMÉS Y TÍTERE SIERRA
Al polo le faltan
Patas y cabeza
Para correr
En busca de maíz

PRIMANCIANITA
Si los pollos rezaban
Es cosa que tú quisieras
Saber de cierto

SIAMÉS Y TÍTERE SIERRA
Podrían haber escondido
Entre plumas misal

PRIMANCIANITA
Luego pollos
Habrá o ha habido
Que se hincan
Católicamente

JUANSONRISA
Las campanas suenan a chango
Al que le han abierto la cabeza
Para devorar los sesos
Ojos idos del animal en sufri-
miento
Que levanta gritos de reclamo

SIAMÉS Y TÍTERE SIERRA
La selva se hincha con la lluvia

PRIMANCIANITA
Los dioses se hinchan

SIAMÉS Y TÍTERE LARVA
Convertidos en cocodrilos
Comen personas
Que nadan en el río

SIAMÉS Y TÍTERE SIERRA
Tarzán se la pasa gritando
Atrás, dioses infernales

Contened vuestro apetito

PRIMANCIANITA
Tan, tan, campanas
A eso suenan
Y a reproche

SIAMÉS Y TÍTERE SIERRA
Los sesos comidos
De los changos
Han pasado a ser verdes
Cosa que preocupa
Mucho a los dioses

JUANSONRISA
Moscas revolotean queriendo
Participar del banquete
Dios que merienda
Deja que las moscas
Tengan lo suyo
¿Habrás dejado sesos
embarrados sobre la banqueta?

PRIMANCINITA

Si cayó de hocico
Claro que dio
De comer a las ratitas

SIAMÉS Y TÍTERE SIERRA

Campanadas verdes.

PRIMANCIANITA

Si vas a llorar
Por la muerte de SiamésPie
Que sea ahora
No quiero que malogres mi sies-
ta
Dijo tu padre
Pellizcándome un pezón
De madre diosa

JUANSONRISA

Ya han pasado siglos
De que fue enterrado
Y tú persistes en tu duelo

PRIMANCIANITA
Lloro al hijo asesinado
Y al que vive en agonía

SIAMÉS Y TÍTERE SIERRA
Tú estás muerto
Fantasma SiamésPie
Fuiste enterrado
Te sigo recordando
Con lástima

JUANSONRISA
Tu señora está llorando
Por algo que le hiciste
Además de estar grave
Porque eso parece
Que te estás muriendo
O que has pasado
A otra dimensión
A seguir siendo el mismo
Que iba y venía
De la cantina La Rambla

Entre bamboleos sacros

SIAMÉS Y TÍTERE LARVA
Confusión
¿Es tu padre el perro amarillo
quien se emborracha?
Te gustaría en verdad
Escuchar un mambo
Volver a ver
A la amiga guapa
De tu madre
Bailarlo en la sala
Tu esposa debería
Estar contenta de perderte
Y por el contrario
Se la pasa chillando
Arrojando lágrimas verdes
Qué burro, preguntas
Podría cargar
Tu bulto sin sentido
Es decir
Envuelto en manta negra

Como mojada en rezos
¿Será lodo?
¿Caíste de narices
luego de recibir puñalada?

PRIMANCIANITA
Lengua de sacerdote
Pronunciará durante la misa
Discurso donde se diga
Que fuiste hombre bueno
Pegado al otro
Pero bueno

JUANSONRISA
Tan, tanTanTan
Para reventar oídos
Que por favor detengan
Su vuelo sacro
Esos ángeles de bronce

PRIMANCIANITA
Falta en el hospital

La cabecera de tu cama
También extrañas
El cuerpo de tu mujer
Pegado a ti
Sudando durante el paso
De los meses idos
Que sumaron años
Que partieron
En un santiamén

SIAMÉS Y TÍTERE LARVA
Te preguntas quién eres
Sabiendo que te llamas
SiamésPie y nada más
Berreaste durante el bautizo
Berrearás
Así te vez ahora
En manos del sacerdote
El bebé chillón eres tú
Mamá y papá
Te llevaron a la iglesia
¿Quién soy?

La pregunta surge
De modo pastoso
En tu boca
Llena de lágrimas
Jurarías que tu existencia
Ha sido esa y nada más
Estar tendido en la cama
De un hospital
Arrojando flemas
Has estado escupiendo
Repetidamente y nada
Los pulmones continúan
Llenos de lama verde del lago
De niño nadaste
En esas aguas infectadas

SIAMÉS Y TÍTERE LARVA

Posiblemente de ahí
Ha venido el contagio
La diosa untó moco
En tu persona
Si es que es infección

La que aprieta
Tu garganta
Y tu pecho
Y ha dormido
Tu cuerpo

PRIMANCIANITA
Ya otra vez padeciste
Enfermedad semejante
Estuviste acostado
En cama de hospital
Y una enfermera
Gorda te inyectó
Durante el tiempo de hospital
Leíste libro sobre santos
Cuyo título se pierde
O más bien se ahoga
En las aguas verdes del lago

SIAMÉS Y TÍTERE SIERRA
San Francisco
San Ignacio

San Pablo

PRIMANCIANITA
Todos muertos

JUANSONRISA
El balazo rebotó
En frontón interno
Eso indican tus recuerdos
San Francisco has estado
De visita en el nosocomio
Y ha repetido
No matarás
No matarás

SIAMÉS Y TÍTERE SIERRA
¿Qué no es cirrosis
lo que padezco?
¿Dios rebotó el enojo
de mi madre sobre mí?
La rabia de los santos
Se volvió pelota

No matarás
No matarás

JUANSONRISA
 Probablemente eres
Mayor que tu esposa
Algo mayor, un poco
¿Cuántos años tienes?
Habrá que preguntarle
A la Coatlicue cuántos meses
Estuvo embarazada de ti
Y en qué fecha
Te arrojó al mundo

SIAMÉS Y TÍTERE LARVA
La pregunta quién eres
Viene a cuento
Porque tú no eres indio
Tampoco español
Ni criollo sino mestizo

SIAMÉS Y TÍTERE SIERRA
Pero hijo soy
De la Coatlicue

JUANSONRISA
 Eso eres

SIAMÉS Y TÍTERE SIERRA
Guerrero que oye chapotear
A Tlaloc en el agua cerebral

JUANSONRISA
Dios es agua espiritual
Ron cristalino

PRIMANCIANITA
Y la pregunta de quién eres
Queda satisfecha
Con la respuesta sonora
Soy mestizo
Siamésierra, para servir a Dios
Un bolero decía también

Para servir a Dios
Cuando preguntabas su nombre
Me llamo Pedro Timoteo Lasca-
no
Para servir a Dios
El bolero se sentaba
En una banca del parque central
Frente a Catedral
Y reía con un diente de oro
Bien podría haber sido
Un disfraz de San Francisco

JUANSONRISA
Buen señor el bolero
Persona afable
Como San Juan de la Cruz

SIAMÉS Y TÍTERE SIERRA
Comía mangos con chile
Y jícamas con limón
Algunas noches paseaba
Por un callejón del centro

En busca de señora
Que pudiera darle
Satisfacción oral

JUANSONRISA
Ahí se la pasaba
Fuera del atrio platicando
Con otros muchachos
Sobre sucesos recientes
Y pasados
Sobre mujeres
Con faldas redondas
Y calzones bordados

PRIMANCIANITA
Sé que fuiste bordado
Por tu madre santa
Y que cogiste mal camino
Pese a sus enseñanzas

JUANSONRISA
Mío, lo que se llama mío

No eres
Pero de Diosa eres hijo
Que escucha los chapoteos
Vertiginosos de Tláloc

SIAMÉS Y TÍTERE LARVA
Las campanas
Vuelven a repicar
Y esta vez
Ya seguro de tu identidad
Sales de la iglesia
Pisando con firmeza

PRIMANCIANITA
Coatlicue quiere devorarte

SIAMÉS Y TÍTERE SIERRA
Cuerpo grande y en zigzag
Me he comido
un caballo entero
Atragantado
Panza en rebelión
Gases en batalla

Los santos
Que me han visitado
Sólo hablan dolor

SIAMÉS Y TÍTERE LARVA
Apretón
Ya no aguantas

JUANSONRISA
La perra de la esquina
Está recostada
Fuera de la miscelánea
Disimulando entre ladridos
Los chapoteos de Tláloc
Ninguna otra perra
Tiene el pelo tan sucio
Entras y pides cigarrillos
Don Gaspar te conoce
 -Hola, señor Siamésierra
¿cómo le va a su merced?

SIAMÉS Y TÍTERE SIERRA
Cansancio

Lago verde
Ángeles luminosos

JUANSONRISA
Dos señoras
Vestidas de negro
Van rezando
¿Irán a misa?

PRIMANCIANITA
Hincado delante
Del gran Cristo
Que chisporrotea
En la cruz
Quisieras comulgar
Algo ha estallado
Golpe seco
Cayó tu cuerpo

SIAMÉS Y TÍTERE LARVA
Llegando a casa
Esposa besa tu mano

PRIMANCIANITA
Mi señor
Dice convencida
De que lo eres
Gran tata
Abuelo indio
Con plumas
En la espalda

JUANSONRISA
Pasa camión a las seis
Y subes a él de un brinco
Contento
Vas al cine o de fiesta
Eso lo ignoras
Se apaga la memoria
Y surge mi cara diciendo
 Siamesito
¿qué no tienes
compasión por mí?
Cómo te dejas morir
Así nomás
Como perro

Con diente de oro
Como santo viejo
Y apachurrado
Como hijo de español
Como hijo de la chingada

PRIMANCIANITA
La tuviste, digo pena
Sentiste gran miedo
Cuando tu hermano
Fue enterrado
Sin decir adiós
Su cuerpo tieso
Estaba vestido de negro
Y maquillado como guerrero
Pudiste asomarte y verlo

SIAMÉS Y TÍTERE SIERRA
Las campanas reventaron
A la concurrencia
Como cucarachas
Con penacho

PRIMANCIANITA
Pared embarrada de insecto
Sabiendo a insecto
Y oliendo a insecto

SIAMÉS Y TÍTERE SIERRA
Piso embarrado sesos

JUANSONRISA
Los tuyos
Y los de él

SIAMÉS Y TÍTERE SIERRA
Dios tiene cara sol
Quema y chapotea
Me ha dicho al oído
Hijito del alma

JUANSONRISA
El doctor Benavides
Estuvo de visita
Movió la cabeza
Cuando tu esposa

Le hizo una pregunta
¿Se salvará?
¿Tiene futuro en tierra
o en el otro mundo?

PRIMANCIANITA
Bajo la bata del doctor
Descendía una cola
Había sido amable
El médico con tu señora
Había tratado de consolarla
Dándole palmadas en la espalda
Señora, por Dios
A Dios se debe
De Dios bajó
Y a Dios torna
Cantando su canción

SIAMÉS Y TÍTERE LARVA
El lago quiere hablar
Haciendo burbujas con lama
Tu esposa se asoma a tus ojos

SIAMÉS Y TÍTERE SIERRA
-¿Qué es lo que pasó?
¿El tren pasó?
¿Se han ido las estrellas?
¿Se acabó el pan?
¿Ya no hay ostias que morder?

SIAMÉS Y TÍTERE LARVA
Ella contempla un rostro
Que ya no le gusta
Hace una mueca
Y se rasca los cachetes

JUANSONRISA
Hijo
Si tuvieras compasión por mí
Yo podría aliviarte
Las piedras que adoramos
En el museo se la pasan llorando
La falda de tu madre Coatlicue
No se ha secado
Desde que estiraste la pata

PRIMANCIANITA
Papá camina de noche
Sacerdote le sale al encuentro

SIAMÉS Y TÍTERE SIERRA
Mi padre lo abofetea

JUANSONRISA
Si tuvieses
Compasión por nosotros
No dirías
Que a Jesús entiendes

SIAMÉS Y TÍTERE LARVA
Escuchas el tronar
De la cachetada
Dentro del cráneo

JUANSONRISA
Duele el chapoteo
De Tláloc
Clavado como espina
En el esófago

SIAMÉS Y TÍTERE SIERRA
Lago, su nata verde
Ha untado los cabellos
Del doctor Benavides
Quien ríe mostrando
Dientes verdes
Del color del lago

JUANSONRISA
Dios culebra
Me está sofocando

PRIMANCIANITA
Tu esposa pone el mantel
Te dice

TÍTERE ESPOSARDIENTE
Si mueres qué será de mí
Sin ti, qué será de mí
¿Quién soy sin ti?

JUANSONRISA
Dos perros,

Viejos camaradas aztecas,
Aúllan y desmelenan
Estás de pie en la barra
Solicitando cuba libre
Al mesero disfrazado
De San Francisco
Te mira compasivamente
Dice:
-Ay, don Sierra y pie
Con placer serviría
Pero usted ya no está
Entre nosotros

SIAMÉS Y TÍTERE LARVA

Bajo el agua verde del lago
crecen raíces de lirios mexicanos
que fueron lastimados
con tu indiferencia.
Sientes un tubo
A través de tu garganta

SIAMÉS Y TÍTERE SIERRA

Doctor

¿A qué horas parte
Alfonso Benavides?
Porque va a partir
Es decir
Que ya se partió
La madre india

JUANSONRISA
Tú no te llamas Alfonso
Sino PieSierra
Respiras nata verde
Entra en tu estómago
Y llena globos
Pulmones tricolores
Como bandera triunfante
Vuelve a salir por tu nariz
Y todo se apaga
O se enciende
Y volvemos a empezar

SIAMÉS Y TÍTERE LARVA
Soy diosa, gusano, culebra
Lejos escuchas llorar

A un bebé que acaba de nacer

SIAMÉSPIE
Soy SiamésPie,
Te hablo como culpa
Provocando ardor
En tus vísceras, fuego

SIAMÉS Y TÍTERE SIERRA
SiamésPie, hermano
Abres boca grande
Enseñas dientes afilados
Para romper mi carne criminal

SIAMÉSPIE
Estoy en tu mente
Como otro yo
Habito en ti
Como presencia distinta

SIAMÉS Y TÍTERE SIERRA
No soy tú
Yo y mi yo hemos enfermado

Estamos listos para perecer
De vergüenza
Tu pie repta

SIAMÉSPIE
¿Hablas o muges?

SIAMÉS Y TÍTERE SIERRA
El silencio
Se ha llenado de dolor
Recibiendo mis ecos
Quejumbrosos

SIAMÉSPIE
Siempre fuiste niño llorón
Mamá me prefirió por eso

SIAMÉS Y TÍTERE SIERRA
Te quise, hermano
Veo la puerta de un baño
Infinitamente blanco
Infinitamente largo
El hospital sabe a manicomio

SIAMÉSPIE
Bailaré sobre tu tumba
Bañada con sonoridades
Que pretenden ser lamentos
Falsas manifestaciones de pena
Tu novia me quiso más a mí

SIAMÉS Y TÍTERE SIERRA
Niño no fui yo
Pero sí sensible

SIAMÉSPIE
Si tienes deseos
De abrir garganta
Y lanzar berridín, hazlo
No prometo que escucharé
No prometo que haré
De la vista gorda
No prometo nada

SIAMÉS Y TÍTERE SIERRA
Siento hilo gordo
Tirando de mi lengua

Un escarabajo pesa
En mi rodilla derecha

SIAMÉSPIE
Si hablas
Es que dices
Cosas interesantes
Que nadie oye
Más que tú

SIAMÉS Y TÍTERE SIERRA
Sufrir es gritar o dolerse.
No fui malo yo,
No fui asesino yo
Pero ¿rebané el pie
de SiamésPieTu pie?

SIAMÉSPIE
Tomaste sierra y la encendiste
Me sorprendiste en cama
Mi sangre saltó hacia ti
Demostrando cariño

SIAMÉS Y TÍTERE SIERRA

Ambulancia aullando
El cuerpo de SiamésPie
Tu cuerpo va dentro
Arrojando sangre, creo

SIAMÉSPIE

Corre ruedas gritando
La señora ambulancia
Mujer panza enorme
Nací otra vez al morir
Gracias a tus caricias
¿Te odio?
No, al contrario
Amo tu estupidez
Tu cerrazón religiosa

PRIMANCIANITA

Los médicos te vendaron
Como momia
Fuiste trasladado al museo
Ahí te introdujeron
En un féretro egipcio

SIAMÉS Y TÍTERE SIERRA
Tu enfermedad
Comenzó enseguida

JUANSONRISA
Apenas hubo el corte
Comenzaste a padecer
Mamá lloró mucho

PRIMANCIANITA
Y papá también

SIAMÉS Y TÍTERE SIERRA
Hermano SiamésPie
SiamésPie
No soy capaz
De solicitar perdón

SIAMÉSPIE
Mañana vendrá
Caminando sobre patas
De venado dulce
Mañana no vendrá

¿En un mes?
Mi perdón nacerá
Como madreselva
De mi defunción injusta
De mi muerte justa
Después, por ahora
Sólo digo que el ataque tuyo
Silenció mi lengua
Hablo de voz humana, viva
Porque como difunto
Parloteo de lo lindo
En el interior de tu psique